REMY DE GOURMONT

La petite Ville

Paysages

PARIS
MERCVRE DE FRANCE

MCMXIII

LA PETITE VILLE

Tiré à petit nombre, dont cent vingt exemplaires sont mis en vente.

Ex. N° 130

REMY DE GOURMONT

La petite Ville

Paysages

PARIS
MERCVRE DE FRANCE

MCMXIII

LA PETITE VILLE

LA *petite ville est agreable à contempler. On la voit de partout et c'est toujours la même île de pierres accumulées émergeant d'une mer de verdure. D'entre les pierres il surgit quelques rocs sveltes et dentelés, ce sont les flèches de ses églises, iadis phares des âmes. De toutes ces pierres, à des heures, tombe la voix des cloches, l'air limpide se résout en musique, comme, l'hiver, l'air gris se fond en pluie. Les ondes se sont dispersées; rassuré, le silence recommence sa promenade éternelle le long des rues mortes.*

LES COQUELICOTS

DEPUIS Paris jusqu'à la mer, au fond de la Normandie, le fleuve rouge des coquelicots vous accompagne. Il déborde çà et là et s'étend comme un lac sur les champs de blé. On se demande si les cultivateurs ne vont pas récolter autant de gerbes de coquelicots que de gerbes de blé. Au moins ce sera très mêlé. En certains champs, c'est même le rouge qui domine et l'emporte sur l'or. C'est à croire que la fleurette a été semée intentionnellement avec le grain. Non, car je ne pense pas que le charmant mélange de la couleur des blés mûrissants et du coquelicot ait beaucoup de charme pour les paysans. Ils ne voient pas les choses comme nous, qui passons, et je crains que, pour eux, la fleur qui amuse notre œil ne soit que de la mauvaise herbe. Hélas ! dans la nature, presque tout ce qui est joli, éclatant ou doux, n'est que de la mauvaise herbe, et si rien n'est plus utile, rien n'est plus monotone et plus terne qu'un champ de betteraves. Nous n'avons guère de ces cultures du Midi ou de l'Orient aux belles couleurs et même dans le Midi les champs orgueilleux de garance ont disparu. Autrefois, la Normandie ne se fleurissait pas seulement des pavots, mais du lin bleu de ciel et du sarrasin tout blanc, cher aux abeilles. Le lin a presque disparu. C'est dommage pour l'œil, car c'était une fête que ces champs d'azur, et le sarrasin devient plus rare. Il reste en été le coquelicot, et au printemps le bleuet, plus timide et assez vite étouffé par la végétation des céréales. Aussi je souhaite que la petite graine noire, qui ressemble à des grains de poudre, continue de se mêler follement au blé et à prospérer. Au fond cela ne lui fait pas grand mal et c'est une parure.

LA GARE

JE ne sais quel était autrefois le centre de la petite ville, le centre social, ni s'il y en avait un ; aujourd'hui, c'est la gare, bien qu'elle soit assez loin et que cela soit une corvée d'en remonter vers la haute ville. On y va en promenade, on s'y rencontre, les diverses classes s'y mêlent, c'est un endroit neutre et presque le seul lieu de divertissement. C'est par là qu'arrivent les journaux et le peu de littérature dont la ville a besoin, et ni les feuilles ni les livres ne remontent dans l'ancienne petite cité. On va les chercher à la gare. La bibliothèque de la gare a tué les autres libraires. Il y en avait trois autrefois : une librairie générale, où on trouvait toutes les nouveautés, avec un fonds assez solide de classiques anciens et modernes; une librairie pieuse où se débitait la littérature édifiante ou modérée ; enfin une bouquinerie, où je me souviens d'avoir acheté mes premiers livres curieux. Seule, la librairie pieuse subsiste, mais on y vend peut-être plus de chapelets et d'eucologes que d'ouvrages académiques. La petite ville est dans une profonde décadence intellectuelle. On s'y intéresse de moins en moins aux questions stables et c'est la gare qui lui fournit la littérature passagère. Il y a d'autres causes à cette déchéance qui est générale dans les petites villes de province, mais je ne veux noter ici que les observations extérieures. Bien que la ville n'ait tous les jours aucun commerce apparent, la gare est assez animée. C'est le seul organe par où elle remue et manifeste quelque vie. Il est curieux qu'on ne rencontre presque personne dans ses rues et qu'on en rencontre beaucoup à la gare. C'est que c'est un point de concentration : la petite ville ne retrouve que hors d'elle-même des motifs d'activité.

LE PETIT CHEMIN DE FER

Il dévale de la gare, passe entre les jambes du viaduc et s'en va en titubant du côté de la mer. Il ne va pas vite et il souffle beaucoup, quoique tout jeune. D'abord, il longe un vieux canal où il pousse maints roseaux et où fleurissent à foison les reines des prés. Autrefois, ce canal charriait les charbons de Hull et les sapins de Norvège vers la ville qui en était fière, mais on se lasse de tout. Cependant le petit chemin de fer divague maintenant parmi les campagnes et s'enfonce résolument à travers les avoines, les coquelicots et les pommes de terre. Voici les sables, voici la mer. Des gens descendent et gagnent la petite plage où les vagues déferlent aux sons du piano. Deux hommes se baignent, un enfant joue avec un chien, deux dames se promènent. « Tout est

loué, me dit avec fierté la servante du petit café en bois découpé. Dame! Depuis que nous avons le chemin de fer! »
Cependant le petit chemin de fer a eu le temps de faire un tour vers des régions plus lointaines. Il revient. On le voit traverser les dunes comme une grosse chenille noire, il s'arrête et nous repartons vers la vieille petite ville tassée sur son rocher autour de ses églises. On y est moins isolé, depuis que l'on sent la mer si près de soi, grâce au petit chemin de fer. La mer est une compagne qui ne vous lasse jamais,

et quoique sa voix soit monotone, on y trouve une diversité singulière. Elle se plie si bien à la qualité de la rêverie, elle se fait si bien plaisante ou triste selon les mouvements de votre âme! Malgré leurs chalets suisses, leurs casinos et leur musique ridicule, les hommes n'ont pu encore en détruire le charme. La mer est invincible. C'est pourquoi il faut bénir les petits et les grands chemins de fer qui nous permettent d'aller à elle directement, nous jeter, d'un bond, dans ses bras.

LA CATHÉDRALE

La cathédrale domine, écrase, dévore la petite ville nichée à ses pieds et qui semble en découler comme une source de pierre. Cet amas harmonieux de sculptures, de flèches, de dômes, de porches, n'a pas suffi à rassasier l'activité constructive des siècles qui précédèrent la Renaissance et dont le nom ici ne se comprend plus, car ce fut une mort et non un renouveau : deux autres églises, encore vastes et belles s'élevèrent à ses côtés et plus loin dans les campagnes, au bord des rivières, à la lisière des landes, des abbayes surgissaient riches et fleuries, et l'on se demande comment purent être conçues et créées, en un temps assez bref, tant de prodigieuses architectures. Il y a une telle disproportion entre les ressources artistiques actuelles du pays et les anciennes réalisations ! Aujourd'hui, non seulement il ne pourrait achever ces merveilles, mais à peine pourrait-il en avoir l'idée et il serait même embarrassé pour les maintenir en bon état. Il faut que cela soit un gouvernement sans religion qui veille sur l'intégrité de ces monuments religieux. Abandonnés aux mains des fidèles, ils seraient depuis longtemps de belles ruines. La foi qui les construisit n'a plus assez de force pour les soutenir. Ceux-même qui les admirent sont devenus incapables d'une admiration active et ceux qui y prient ne voudraient pas se priver d'un déjeuner pour contribuer à la réfection d'une seule de ces pierres sculptées. Ils sauraient pleurer, ils ne sauraient faire que cela. Dans le petit poème qui raconte la construction de la cathédrale de Chartres, on voit la population tout entière travailler matériellement au charroi et à la pose des matériaux. Elle est, et toutes les autres, le fruit de l'élan de tout le peuple qui voulait, qui savait vouloir. Les catholiques d'aujourd'hui ne sont même plus capables de nourrir leur clergé et de lui acheter des surplis.

LE COLIMAÇON

Ce n'est pas un mollusque, c'est une sorte d'édifice en verdure, un labyrinthe de charmille qui s'élève dans un coin du jardin des plantes. On en voit parfois de tels dans les vieilles estampes. Celui-là, qui date du XVIIIe siècle, est fort beau.

Les Anglais viennent le voir. Il figure dans les guides et sur les cartes postales. Ce n'est d'ailleurs qu'une des curiosités du jardin des plantes, célèbre dans le monde touriste. Il se glorifie aussi d'un cèdre gigantesque, d'un tas d'arbres de la plus belle venue, d'un *menneken-piss* à peine plus décent que celui de Bruxelles et d'un choix de palmiers, cédratiers, orangers avec leurs oranges, camélias en pleine terre et autres arbustes rares qui s'accommodent d'un climat extrêmement doux. Mais la verdure y vient si bien qu'elle est comme une prison pour les fleurs. C'est le paradis des arbres. Une branche plantée en terre y prend aussitôt racine et devient en quelques saisons arbre à son tour. Toutes les nuances du vert s'y rencontrent et brodent sur le ciel les plus belles tapisseries. J'écris près d'une fenêtre donnant sur cette tapisserie mouvante que le vent fait vaciller avec un bruit très doux de vagues. Comme ces constructions d'arbres sont émouvantes, mais aussi, comme elles sont accablantes! Au temps de ma jeunesse on découvrait du haut du colimaçon, un horizon assez vaste et assez plaisant vers de proches collines pleines de moissons. Maintenant les arbres ont envahi tout le champ de la vision : on est un peu plus près de leur cime, voilà tout. Ils témoignent du moins de la fécondité de cette terre et rappellent les temps anciens, où tout ce pays n'était qu'une vaste forêt, à peine pénétrable. Et puis, vraiment, rien n'est plus beau. Ah! que je plains les régions sans arbres.

MUSÉES

M. Uzanne appelait l'autre jour les musées des « écoles de simulation et de pastiche », et cela m'a semblé bien près de la vérité, sinon la vérité même. Il n'est pas douteux que les musées, répandus maintenant partout, ont développé outre mesure cette manie de l'imitation, qui est presque tout le génie humain. Mais il est des musées innocents, ceux des petites villes. La petite ville a son musée. C'est, à l'entrée du jardin des plantes, une vieille maison du dix-huitième siècle, dont une moitié est pleine de mauvaise peinture et dont le reste abrite des plantes délicates. Du dehors, on ne sait où commence la peinture, car la façade est tapissée par une magnifique glycine qui mêle ses grappes violettes aux fleurs charnelles d'un rosier grimpant.

Rien n'est plus charmant que ces roses qui pendent de toutes parts et s'effeuillent en pluie odorante, cependant que se gonfle de l'autre côté de la cour un énorme massif de camélias qui proclame la douceur un peu humide du climat. Avant que les roses ne soient ouvertes, les rouges camélias décorent à merveille la sombre verdure. Quelle opulente entrée de musée ! Il n'en est pas peut-être derrière laquelle on rêve un art plus délicat, plus intime, plus provincial, plus traditionnel, mais il en est bien peu qui mènent vers un tel néant ! Musée, pourquoi faire ? Est-ce que toute la ville n'est pas un musée vivant, avec ses églises aux pierres sculptées, ses vieilles rues désertes, ses vieux hôtels resserrés entre ses vieux jardins ? Un musée spécial, quelle dérision ! Comme une fausse notion de l'art a déformé les esprits ! Mais ce musée du moins a ce mérite de ne pousser ni à la copie, ni à l'imitation. Plus heureux que le Louvre, il ne contient aucun chevalet et on n'y a jamais vu deux fois le même visiteur. Il n'est coupable d'aucune fausse vocation. Il jette même un certain ridicule sur l'art et sur les artistes. Mais il enchante le promeneur solitaire. C'est un musée innocent.

LE LYCÉE

IL n'est pas douteux que, dans la plupart des petites villes de cette région, où d'ailleurs il n'y en a pas de grandes, l'Université ne soit en profonde décadence. Non pas que le corps des professeurs ait diminué de valeur, mais ce sont les élèves qui ont diminué en nombre. Ici, le lycée, où il y eut, de mon temps, jusqu'à trois cents élèves internes, n'en compte plus guère qu'une soixantaine. Cependant, la population écolière est abondante dans la région. On n'émigre vers Paris qu'après les études faites. Les hommes sont moins nombreux, mais les enfants et les adolescents pullulent, les familles y étant toujours fort fécondes. Où donc toute cette jeune population fait-elle son éducation? Dans les établissements ecclésiastiques qui, jadis assez dédaignés, ont retrouvé depuis quelques années une belle clientèle. Je n'en rechercherai pas les causes, je constate le fait, qui est patent ; l'enseignement de l'Etat subit en province une crise dont il se relèvera difficilement. C'est en vain que toutes sortes d'améliorations y ont été apportées. Sans les boursiers que l'administration envoie de tous côtés, le lycée serait presque vide; le personnel est sans proportion avec la population scolaire, les bâtiments de l'internat s'y font de plus en plus déserts; on dirait qu'une épidémie a passé par là. Ce n'est pas que les habitants soient devenus plus réactionnaires, plus cléricaux, mais il semble que les méthodes universitaires leur plaisent de moins en moins. S'il y a eu campagne contre l'Université, nulle part elle n'a mieux réussi. Pourtant, la petite ville est encore un centre d'études, mais surtout primaires et féminines. Il y a un lycée où on fait des cours pour les jeunes filles, mais ce gain compense assez mal la désertion du grand lycée, où l'on formait les hommes.

LE CIRQUE

AUSTRALIAN CIRCUS ! Et d'immenses affiches illustrées ont couvert les murs de la petite ville. Tout les ans, pendant les mois d'été, de pareilles troupes la visitent. C'est même à peu près le seul spectacle qu'elle connaisse, car son petit théâtre est fort délaissé et les tournées l'ignorent ; elle les bouderait d'ailleurs, la coutume défendant à la « société » de fréquenter ce bouis-bouis. Le cirque, au contraire, fait ce miracle de de réunir tout le monde. Dès quatre heures, tous les enfants de la ville sont réunis sur la place et surveillent le montage de la salle de toile, jettent des regards curieux vers les voitures où grouillent les animaux, où les paillettes luisent comme des poissons dans un filet. Quelquefois, pour allumer la curiosité, le cirque fait par les rues étroites une promenade de parade. L'*Australian Circus* n'a pas suivi cet usage, confiant dans l'extravagance de ses affiches. Il a eu raison, car, dès huit heures, on se presse sur les banquettes de la vaste tente. C'est un cirque pareil à tous les cirques ambulants, d'une bonne tenue et d'une suffisante variété : aussi son succès est-il considérable. Je pense qu'il n'a d'australien que le nom ; son personnel est anglais, français et japonais. Ses acrobates japonais sont admirables et réalisent des prodiges d'équilibre dangereux. Je ne regrette pas d'avoir vu la petite Japonaise, menue et gentille comme une poupée, qui grimpait si gaillardement à une échelle sans appui. Ces Japonais, sans lesquels il n'y a plus de fête de ce genre, sont d'une adresse admirable, mesurée et calme, prudente quoique très hardie. Ils résolvent moins des tours de force que des problèmes de mécanique. La municipalité fait d'autres prodiges, qui sont des prodiges d'économie, et c'est dans l'obscurité absolue d'une nuit sans lune qu'il nous faut regagner notre domicile, en butant sur les mauvais pavés. Mais les habitants ne murmurent pas. Ils sont heureux. Ils sortent de l'*Australian Circus !*

LES RUINES

La maison que j'habite ici a des parties du XVe siècle. Elle a un grand escalier de pierre, à voûtes et à pilastres de granit. Il y en a beaucoup d'autres dans la ville, qui a gardé aussi plusieurs ruelles et des tourelles de cette époque. C'est très inconfortable, mais cela a une allure assez belle dans le silence. On sent qu'aux siècles passés la vie y était assez semblable à ce qu'elle est maintenant, seulement plus ramassée encore, plus tassée sur elle-même. C'était une ville ecclésiastique. Moines et prêtres y abondaient et il est probable qu'une partie des maisons leur appartenait. Les prêtres y ont laissé la cathédrale et les deux églises dont j'ai parlé. Les moines ont disparu sans autres traces de leur domination qu'un aqueduc. Sise sur une hauteur, la ville fait venir son eau d'assez loin.

Au temps jadis il y en avait grande pénurie, et un capucin érudit, ayant connu les merveilleux travaux d'eau des anciens Romains, engagea son couvent à imiter leur exemple. Cela fait qu'ils construisirent un aqueduc, dont on voit encore quelques travées enfoncées sous les lierres, dans le bas de la ville. Comme c'était une œuvre considérable, dès le dix-septième siècle, on l'attribuait aux Romains et c'est sans doute grâce à cette antiquité légendaire qu'on en a respecté les ruines. Ce n'est même que tout récemment que j'ai appris la véritable origine de cet aqueduc romain. Ses arcades sont d'ailleurs de forme ogivale et un peu de réflexion aurait dû nous renseigner plus vite. Mais la manie romaine sévit si durement dans le pays! C'est au dix-septième siècle qu'elle commença à régner. On découvrit partout des camps de César. Il y en a un dans les environs, naturellement, et comme on y a découvert des hachettes de pierre, l'attribution a paru longtemps certaine. C'est une noblesse qu'il a fallu abandonner.

César n'a point campé là et il n'a point construit un aqueduc pour une cité qui n'existait pas encore.

LE MARCHÉ

J'AURAIS encore bien des tableaux à esquisser pour indiquer seulement le plan de la petite ville en me bornant aux traits généraux : le marché est de ceux-là. C'est le seul jour où la moitié de ses rues présentent une véritable animation Les paysans des environs l'ont envahie, venus les uns à pied, les autres par le chemin de fer, la plupart dans leur carriole, souvent conduite par une femme. Elles mènent fort mal, quoique avec beaucoup d'aplomb. D'ailleurs, leurs chevaux sont dociles. Surveillant les menus produits de la ferme, elles tiennent à venir les vendre elles-mêmes et on les voit le long des rues, alignées avec le panier de beurre, d'œufs, l'éventaire de légumes, la cage à poules ou à lapins. Après les premières transactions, un bruit continu monte de cet amas de femmes et les exclamations patoises s'entrecroisent par-dessus la tête des acheteurs. Le dialecte bas-normand se parle là selon cinq ou six nuances différentes. L'expression *chez nous*, par exemple, s'y prononce : *cé nous*, *ci nous*, *ceux nous*, *cheuz nous*, *çu nous*, et peut-être encore d'autre façon. C'est une véritable carte linguistique en miniature, que la fréquentation des écoles n'a nullement entamée. La lecture des journaux n'a fait qu'introduire dans le parler d'étranges déformations. Si un paysan vous dit que tous ses chênes sont *juifs*, entendez *gélifs*, sorte de pourriture que l'on attribuait à la gelée. Je note cela pour obliger les linguistes, car le mot est d'usage récent. Le marché s'achève dans les cabarets et vers quatre heures tout le monde a disparu. Cependant on a bu force cafés, boisson plus nationale encore, dirait-on, que le cidre. A ce propos, voici encore une curieuse expression assez déroutante. La tasse de café s'appelle un sou de café, et elle ne change pas de nom en s'adjoignant plus ou moins d'eau-de-vie. De là l'expression : « un sou de café de deux sous, un sou de café de cinq sous. Après cette dernière mixture, la bonne femme et son cheval ont chance de finir la journée dans un des fossés de la route. Tel est le revers de ces fêtes, que les femmes en reviennent avec un goût de l'alcool, qui les fait semblables à des hommes, oui, trop semblables à des hommes ivres.

UNE VIEILLE ABBAYE

C'EST un pays de landes et de marais, un pays pauvre et qui le fut encore plus avant qu'on n'eût trouvé le moyen de l'adapter à la culture. Jadis, il ne produisait guère que d'un côté des ajoncs et de l'autre des sables; ça et là, de maigres pâturages mal défendus du vent et de la mer, de ce vent qui dessèche tout. Heureusement qu'il y pleut souvent, car c'est la seule ressource contre la dureté de son sol. Cependant au milieu de ce pays sans richesse et sans beauté, sur le bord d'une petite rivière qui trace comme un sillon étroit de fécondité, s'élève une des plus anciennes et des plus majestueuses abbayes de l'ancienne France. Elle date du XIe siècle et ressemble beaucoup, mais avec plus de sévérité, plus de pauvreté aussi à Saint-Germain-des-Prés, qui doit être de la même époque. Mais on y voit mieux qu'à la noble église de Paris toute la sécheresse orgueilleuse du style roman. Partout, c'est la pierre nue sans aucun décor, sans aucun enjolivement, même sculptural, une pierre grise, comme mouillée, qui donne une grande sensation d'accablement. C'est un immense sépulcre où les très rares ornements modernes font comme des taches de moisissures et, par conséquent, n'en gâtent pas l'ensemble. Il y a bien sur les murs les tableautins d'un chemin de croix issu de la rue Saint-Sulpice, mais il est comme dévoré par l'immensité des nefs. On a la sensation que ce son- des toiles d'araignées oubliées là. Il faut la voir ainsi, cette belle architecture romane, réduite à ses sévères lit gnes de pierre, pour se rendre compte combien elle surpasse le gothique par le génie de l'expression. Ce n'est que de la maçonnerie, mais qui parle plus haut que l'art le plus délicat. C'est barbare et c'est grand.

LE SAVANT DE PROVINCE

C'EST un homme considérable dans sa petite ville et souvent un homme qui ferait bonne figure dans les milieux parisiens. Tout ce qui concerne sa province, ou du moins sa région, lui est familier, histoire, archéologie, biographie, généalogie. Il déchiffre les chartes anciennes, connaît les fastes de chaque famille et sait ce que raconte chaque pierre des vieux monuments. Il est précieux d'être son ami quand on séjourne ou seulement quand on passe dans le pays. Les choses lui parlent et il traduit leurs paroles en des discours passionnés. S'il est un peu partial, c'est qu'à force d'étudier les choses de son petit pays, il a été naturellement amené à leur attribuer une grande importance. Il connaît l'origine lointaine des institutions locales et des coutumes. Il sait à qui appartenait une seigneurie avant la guerre de Cent Ans et en quelles mains elle passa sous la domination anglaise. Ses recherches généalogiques ne sont pas du goût de tout le monde, parce qu'il dévoile avec sévérité les mystères de la transmission des propriétés et qu'il sait que telle fortune a eu des débuts frauduleux, que tel titre de noblesse est purement fantaiste. Vivant à l'écart des partis, connaissant mieux le maniement des archives que celui des intrigues, il ne sollicite nulle faveur et n'en reçoit aucune. Sa maison, son jardin, ses livres et ses savantes recherches emplissent sa vie. Sa parole fait autorité dans la discussion historique et, quoique traditionnaliste par instinct historique, il ne la mêle pas aux querelles locales, ce qui le fait un peu mépriser par les ambitieux. Il s'en console, car la science historique lui suffit, et les compétitions politiques ne le tentent pas. Il connait trop les dessous de l'histoire pour être tenté de s'y mêler.

LES PETITS SUJETS

Voici cinq ou six articulets sur un petit sujet qui n'intéresse guère les Parisiens, sur une petite ville que je ne veux même pas nommer, mais si je devais m'en excuser, ce serait pour dire que je n'aime à écrire que sur ce qui frappe directement mes yeux. J'ajouterais aussi qu'il ne doit pas y avoir pour l'écrivain, ni non plus pour le lecteur habitué à sa manière, de petits sujets. Les choses au milieu desquelles on vit et auxquelles on participe, prennent aussitôt une importance qui les rendrait presque dignes de l'histoire Je passerais une saison dans le désert que je décrirais les choses du désert, même si ces choses n'étaient rien du tout. J'aimerais à raconter le néant. Mais je ne puis me persuader, philosophiquement, que là où je vis, puisse régner le néant. Les choses sont ce qu'un esprit les considère. Elles ont de l'importance, puisqu'elles l'occupent présentement, à l'exclusion du reste du monde. Il n'y a que les imbéciles, et tout de même je ne me range pas parmi eux, qui croient que les grands sujets font la grande littérature ou la grande peinture. Qu'ils se détrompent. Il vaut mieux être le Chardin d'un chaudron, que le raté d'une épopée. Un homme qui dit sincèrement ce qu'il voit, et seulement les choses qu'il voit, n'est jamais ridicule. C'est pourtant cette sincérité qui semble si facile et si engageante où il semble que nos contemporains répugnent le plus. Cela s'est toujours passé ainsi d'ailleurs, ce qui fait qu'à peine écrite, la littérature tombe en poussière. Il avait bien raison celui qui prenait pour devise : l'humble vérité. Je ne sais plus qui. Mais j'espère qu'il ne croyait pas à *la* vérité, mais à *sa* vérité. Dire *sa* vérité, humble ou orgueilleuse, il n'y a que cela de digne.

RITES FUNÉRAIRES

Au retour, le hasard m'a fait découvrir, dans la banlieue d'une cité quasi maritime, un extraordinaire cimetière. D'abord, en entrant, des deux côtés de la grande allée, ce ne sont que des tombes d'enfants ; on dirait que la population de ce faubourg ne meurt pas, mais qu'elle déverse là une progéniture innombrable. Ensuite, ces tombeaux minuscules sont ainsi ordonnés par les inconsolables parents : figurez-vous une sorte d'armoire en bois découpé dont trois panneaux sont vitrés, une vitrine économique dans laquelle sont entassées, sur des étagères en forme d'autel, des figurines en porcelaine peinte, représentant des enfants au berceau, des anges, des saints, des bonnes Vierges, des fleurs, une quantité de bibelots. Au milieu de tout cela pend à un fil de fer un angelot, partout le même, la cuisse ceinte d'un brassard rose et qui sourit. Sur le devant de la vitrine, il y a généralement la photographie du gosse en grande toilette et dans le fond, si c'était une fillette, sa poupée. La profusion des bibelots de tout genre est incroyable et quelques-uns sont inattendus, ainsi, par exemple, une boîte oblongue à poudre dentifrice ! Les angelots suspendus dans l'armoire représentent certainement l'âme en route vers le ciel ; les bibelots recèlent des intentions pieuses, quoique énigmatiques, et leur profusion atteste probablement la générosité des parents. Au reste, la plupart de ces monuments sont dans un état de vétusté absolu et quelques-uns commencent à tomber en poussière, laissant éparses les petits figurines. L'âme sur le chemin du ciel est retombée sur la terre, où l'a laissée choir l'oubli. On dirait, en somme, le cimetière d'une tribu barbare, ayant quelques notions de céramique et de menuiserie.

AU PAYS DE FLAUBERT

POUR la première fois, depuis que je passe en bateau devant le village de Croisset, j'ai vu un passager se souvenir qu'un homme, nommé Gustave Flaubert, vécut là. En voyant le pavillon, les tilleuls, restes d'un jardin, quelqu'un s'est écrié près de moi :

« Le gueuloir ! » Mais c'était un enfant d'une douzaine d'années qui s'adressait à sa mère. La mère a fait répéter le mot et, ne comprenant pas, a pris tout de même un air scandalisé. Cette allée de tilleuls, où Flaubert essayait à haute voix la cadence de ses phrases, semble bien avoir été plantée depuis la mort de l'écrivain, mais son verbe légendaire ne continue pas moins d'y retentir entre la Seine et les collines de Canteleu. La Seine ! Qu'elle a changé sur cette rive et sur l'autre ! Les quais de Rouen, qui s'avancent comme un long serpent de pierre,sont en train d'atteindre Croisset, comme, de l'autre bord, le bruyant Quevilly. Flaubert aurait beau « gueuler » maintenant les lamentations de saint Antoine, on ne l'entendrait plus, il ne s'entendrait plus lui-même. Le ronronnement de la papeterie de Croisset, le vacarme des marteaux de Quevilly couvriraient sa voix. Il n'y a pas bien des années, ce coin de terre était encore paisible comme une thébaïde et la Seine coulait là dans un silence de Nil. De grands vapeurs où s'entassent les forêts de Norvège et de noirs pétroliers jettent l'ancre devant le pavillon, où régnait la solitude et d'où montait la méditation. C'est bien ainsi. Ce contraste ne laisse pas que d'être saisissant entre le souvenir d'une pensée qui ne pourrait plus vivre là et le spectacle d'une activité d'où s'élèvera peut-être quelque jour une autre pensée également riche et féconde.

PAYSAGES

MUSIQUE DES SAISONS

Je vis hier un café du bois de Boulogne fermer faute de clients. Nous étions dans le jardin. A sept heures et demie, on nous prévint qu'on allait éteindre le gaz. Il faisait froid, l'automne se glissait déjà sous les arbres. Il aurait fallu des fourrures pour s'y tenir avec agrément. Et ce désaccord entre la saison vraie et la saison traditionnelle mettait dans l'âme comme une désharmonie. Il y avait quelque chose de rompu entre les désirs naturels de plein air et la rigueur du moment. Nous en étions à l'été finissant et la saison chantait à l'unisson du frais automne. Qui est-ce qui nous a enseigné, qui a inscrit dans nos nerfs qu'il doit faire chaud en été, froid en hiver, frais aux deux autres saisons ? Ce n'est pas assurément la nature de notre pays qui est fort incertaine : ou du moins, malgré quelques essais de régularité, elle n'y aurait pas suffi. C'est sans doute que nous associons certains états de température avec certains mots, et c'est moins notre sensation qui proteste que notre raison, quand juillet est pluvieux ou janvier très doux. Presque à notre insu, nous disposons notre vie à tel moment pour la chaleur, à tel autre pour le froid et nous sommes régulièrement très surpris, quand les saisons réelles ne répondent pas à ce que nous en attendons. Même, quand nous nous reportons vers le passé, nous croyons très sincèrement que les incertaines saisons s'y succédaient avec une régularité parfaite et que le désordre n'est que dans le présent. Cela tient à ce que la vie s'écoule beaucoup moins selon la réalité, si difficile à percevoir, que selon la représentation que nous nous en faisons. Et cette représentation, pour être perçue à son tour, doit se construire logiquement. Sans cela, nous n'y reconnaîtrions plus rien et cela serait pour nous un grand désarroi. Les saisons doivent donc s'écouler selon une musique nettement rythmée et qui les différencie absolument l'une de l'autre. L'homme est toujours l'enfant qui va se promener et que la pluie surprend. Oh ! il pleut ! Ce n'est pas juste !

L'AUTOMNE

Nous voici encore une fois entrés dans l'Automne, saison des nuances et des désirs discrets, saison des violettes pâles et des chrysanthèmes couleur de feuilles mortes. Il y a une poésie dans ce mot d'une sonorité mélancolique, par ce qu'elle évoque de choses finissantes, de sourires derniers, qu'on l'applique à l'année, qu'on l'applique à la vie. Il y en a même trop, et qui s'épanche trop facilement. L'automne marche dans les esprits, entouré d'un cortège de lieux communs, dont il est bien difficile de le débarrasser. Mais peut-être ce serait-il dommage, car c'est de cela qu'est faite sa beauté sensible. Il faut longtemps pour que les hommes aperçoivent, pour qu'ils sentent surtout le charme de certains vocables. Lentement, les générations les ont entourés de leurs rêves, et ils ne nous arrivent que serrés dans des bandelettes aromatiques, telles des momies qu'il ne faut pas démailloter. Comme la petite chose, lorsqu'on l'ose, apparaît sèche, noire et ridée ! L'automne tout nu, c'est un orme à moitié chauve qui tremble au bord d'une route que le vent bat. C'est l'herbe qui a déjà des pointes jaunes, c'est la rudesse des chaumes où divaguent les oies, la haie à demi transparente, les taches rousses et rouges sur le vert piqué des forêts. C'est la fougère couleur d'amadou et les vignes couleur de rouille. L'automne nu c'est la décomposition de la vie qui commence, ce sont nos amours qui se putréfient et dont la phosphorescence nous fait croire qu'ils sont plus vivants que jamais. N'importe, je l'aime ainsi, l'automne dépouillé de tout ce qui ne lui est pas essentiel. Il me plaît par un air éploré d'agonie. Dis, mon amie, nous irons le voir l'automne nu, dans les grands bois où il déploie la soie mourante de ses ailes, à l'heure où le soleil amer sourit, glisse et tombe ?

JARDINS ET PAYSAGES

Est-ce qu'il ne va plus être permis d'aimer la nature, de l'étreindre, de l'emporter dans son souvenir, de la garder dans ses yeux ? Je connais peu de paysages, mais je ne les en aime que plus profondément et ils me sont toujours présents. Les jardins, au contraire, ne m'ont jamais beaucoup enivré, qu'ils soient à l'anglaise, qu'ils soient à la française. Le mur qui les emprisonne m'emprisonne aussi. Un jardin n'est agréable que par contraste avec la rue. A Paris, c'est un peu de bonheur. Dans les pays qui sont eux-mêmes un vaste et libre jardin, ils sont peut-être un non sens de n'être pas potagers, fruitiers et fleuristes, exclusivement. Les bosquets, les alignements d'arbres rares et décoratifs ne valent pas le groupement de hasard des chênes, ormes, hêtres et bouleaux de notre sol. Je ne prendrai donc point parti dans la querelle des jardins français, qui sont des jardins d'architecture et des jardins anglais qui sont des jardins d'imitation. A une grande échelle, ils se ressemblent beaucoup et je ne vois pas pourquoi, quand on se plaît au bois de Boulogne on se déplairait à Versailles : les deux sites sont pareillement ordonnés et pareillement factices, et pour la géométrie, il n'y en a pas moins dans les lignes courbes que dans les lignes droites. Il y en a même davantage et de moins élémentaire. Elle y est même assez compliquée pour dérouter au premier abord et faire croire à une déraison, mais il est impossible à l'homme d'imiter la nature sans la soumettre à des règles qui même cachées n'en restent pas moins des règles. L'auteur de ce parc n'est pas célèbre, mais il n'en eut pas moins du mérite et un mérite fort analogue à celui de Le Nôtre. Ni l'une ni l'autre œuvre ne sont la liberté spontanée de la nature, mais il est vrai que l'une a voulu l'imiter et l'a déformée, et que l'autre a voulu ne pas l'imiter et elle l'a réformée. Au risque de paraître rousseauiste ou même roussiste, ce qui est le comble du mépris près de M. Maurras et près de ses disciples, j'avouerai que les bords sauvages de l'Orne ou de la Seine m'ont donné plus d'émotion que ceux du canal de Versailles ou ceux des deux lacs, toutes circonstances sentimentales mises à part. Mais, c'est une opinion déraisonnable. Je le sais et j'y persiste.

SAISON PERDUE

Différentes causes ont fait que, cette année, je n'ai pas du tout joui de l'automne. J'ai vu par mes fenêtres le reflet de son pâle soleil, mais je n'ai pu aller en respirer directement la lumière. On m'a apporté des branches de feuillages roux, mais je n'ai pas foulé aux pieds ces feuilles-fleurs éparses aux pieds des arbres. Et c'est une saison de perdue pour la sensibilité. Perdre une saison de sa vie, c'est vraiment sans compensation possible, car un automne ne ressemble jamais à un autre automne, ni un été à un autre été. La vision des choses dépend de notre état d'esprit, et nous ne l'avons jamais eu pareil au cours de ces saisons qui reviennent avec une monotonie qui ne l'est qu'en apparence. C'est notre esprit, ou plutôt notre sensibilité, qui colore les choses, les saisons et les roses. Nous serions capables de les créer si elles n'existaient pas. Pourquoi pas? Nous créons bien les êtres à mesure que nous les aimons. Nous les modelons sur nous-mêmes, nous les sculptons selon le creux de notre cœur, pour qu'ils y dorment mieux. Les pauvres choses vraiment, et jusqu'aux plus rares, ne sont que des prétextes que la joie ou le chagrin suscite ou abolit. Une grande joie parfois envahit de son émotion tout un jardin et le submerge sous une présence plus dominatrice, et la même joie, non absolument la même, hélas ! le fait resurgir et nous en signale la beauté. La grande peine a des effets semblables. Parfois, elle nie les choses et parfois elle a besoin de leur présence comme d'une consolation. Les saisons subissent les mêmes apparences de vie et de mort, selon que nous les désirons ou que nous sommes assez forts pour nous passer d'elles. Je me suis passé de cet automne, mais je le désirais, et peut-être que je le regretterai longtemps. Je l'ai bien récréé un peu en moi, mais c'était un fantôme. Les fantômes n'ont pas d'odeur. J'ai besoin de la présence réelle.

LES OISEAUX

On croit généralement que les oiseaux jouissent de l'infinie liberté de l'air, qu'ils font des voyages de plaisance au-dessus des nuages, qu'ils vont et qu'ils viennent selon leur fantaisie, et que leur fantaisie est sans limite. Rien n'est plus faux. Les oiseaux sont les plus casaniers des êtres et la licence qu'ils ont de voler partout est plutôt une charge qu'un agrément. Ils y sont contraints par la nécessité où ils sont de manger presque constamment ou de périr. Les oiseaux sont les esclaves étroits de leur estomac ou plutôt de leur gésier. Tous ceux qui ont des oiseaux privés savent quels soins nécessite l'alimentation de ces petites bêtes ailées. Il y a bien les oiseaux migrateurs, mais ils n'entreprennent pas pour leur plaisir ces vastes voyages, qui leur sont, au contraire, très pénibles et, arrivés à leur nouveau domicile, ils sont généralement encore plus casaniers que les autres. Toutes les bêtes ont un gîte qu'elles cherchent à rendre invisible ou inaccessible aux autres bêtes dont elles craignent d'être la proie. Les oiseaux très mal armés pour la lutte, ne savent pas se cacher. Nuit et jour, ils sont gibier pour d'autres oiseaux et pour quelques quadrupèdes. Ramenés à chaque instant vers la terre par la nécessité de manger, ils y sont mangés avec une facilité extraordinaire. Un seul chat suffit à dépeupler d'oiseaux un vaste jardin, car l'oiseau, malgré toutes les menaces, revient toujours à l'endroit où il a trouvé une fois quelques graines ou quelques vermisseaux. La nuit venue, avec leur manie de percher toujours au même endroit, de revenir même de très loin à leur branche favorite, ils se font dévorer par les chouettes. Finalement on peut dire que ses ailes ne servent pas à grand'chose à l'oiseau et qu'elles ne servent à rien pour son plaisir. Elle les empêchent, et encore!

de mourir de faim, mais s'ils savaient courir, leurs pattes feraient le même office. Nous admirons l'aile de l'oiseau. Pour lui, c'est un pauvre appendice qui parfois le fait vivre et parfois le fait mourir.

A LA RAME

QUEL hasard, non, quelle volonté a fait que je me suis trouvé, l'autre soir à la tombée de la nuit, en bateau sur le lac du bois de Boulogne? Je ne puis le dire, mais cette volonté m'était extérieure et je n'y participai d'abord que très faiblement.

Cela n'empêcha pas la promenade de s'accomplir et mon imagination d'y prendre du plaisir. Comme il fit bientôt nuit, que l'eau et les bords se confondaient, on pouvait se croire égaré, à la recherche d'une crique favorable, sur des eaux lointaines, habitées, il est vrai, par l'ombre docile des cygnes. Mais pourquoi rêver d'autres patries ? Y en a-t-il de lointaines, quand on s'y trouve ? Je savais très bien qu'on me promenait sur le grand lac factice du bois de Boulogne et je n'en demandais pas plus. Mon goût pour les aventures est modéré et d'ailleurs je sais jouir de l'heure présente, tout en voyant plus loin qu'elle. Je sais aussi me souvenir des plus humbles choses qui me furent en quelque partie charmantes, et même ne me souvenir que de celles-là. On a tiré des romans de sources encore plus humbles, mais peut-être que pour certains esprits rien n'est humble et rien n'est banal, ni ton eau morte, ô lac! qui n'est qu'un étang sous les arbres, ni tes cygnes blancs, qui sont aussi des canards. Les cygnes blancs y poursuivent de leur haine un cygne noir égaré parmi leur troupe. On peut toujours s'imaginer qu'on est ce cygne noir et que les choses ont été combinées pour vous en faire comprendre le symbole. Je rêvai un peu à cela, pendant que la barque glissait sous les rames, mais peu, car les mouvements du rameur m'intéressaient bien davantage. J'y vois particulièrement mal la nuit comme tous les myopes, mais je ne désirais pas de plus longues perspectives ni plus de lumière que n'en faisaient ses bras dans leur lent va-et-vient. C'est ainsi que nous arrivâmes à la rive, après avoir fait le tour du lac et le tour d'une pensée.

LA MAISON DES CHEVAUX

Si on n'était pas prévenu, découvrirait-on que l'aspect des monumentales écuries de Chantilly est précisément celui qui convient à la maison des chevaux? Je n'oserais l'affirmer et cependant c'est l'impression que j'eus hier en revoyant cette architecture. Mais j'étais prévenu depuis longtemps et j'avais pu méditer inconsciemment sur la logique de cette œuvre. La sérénité d'une journée déclinante sans soleil et cependant limpide encore faisait clairement apparaître la disproportion entre la demeure des hommes et celles des chevaux, et si le château n'avait pas parlé par lui-même il n'y aurait encore eu aucune hésitation sur la race à laquelle était destiné l'autre palais. Jonathan Swift eût été content, car il n'aurait pu rêver une maison plus digne de ses nobles Houynhmums (je n'aime pas à écrire ce mot, car il faut, chaque fois que je me lève pour aller à ma bibliothèque en vérifier l'orthographe). Et en vérité, ce domaine de Chantilly a presque l'air d'une illustration de l'avant-dernier voyage du capitaine Gulliver, en ce sens que c'est probablement le seul où l'on ait compris l'importance respective des chevaux et des yahous, c'est-à-dire des hommes. Car si les écuries paraissent toutes grandes, le château paraît tout petit, perdu au milieu des eaux derrière l'immense perspective de la forêt. Nous y allions enfin voir l'automne, mais la nuit vient déjà trop vite et nous ne vîmes guère que ces constrastes qui allaient s'atténuant dans l'ombre. Cependant l'humidité exaspérait l'odeur des feuilles mortes et sur la route, aux environs d'Epinay, un faisan se promenait dédaigneux. J'ai peur de me figurer jusqu'à l'année prochaine l'automne sous les espèces d'un faisan. Et pourquoi pas? N'est-ce pas un oiseau automnal par son plumage couleur de feuilles fauves? Oui, ce faisan domine la vision que nous avons rapportée de cette excursion. Pourtant je me souviendrai aussi de mes réflexions sur la maison des chevaux.

LE CIEL

COMME je revenais de chez les cubistes, en descendant les Champs-Elysées, le ciel était si beau vers l'occident, d'un rouge si doux, si riche et si profond, que je me retournais à chaque instant, au risque de scandaliser les passants, tout entiers à leurs petites affaires. Mais je ne suis pas indifférent aux spectacles du ciel. C'est même une des rares choses que je regretterai, car le vrai ciel est sur la terre et dans nos climats. A l'automne, quand l'air est humide, et il en est presque toujours ainsi, les couchers de soleil, le long de la vallée de la Seine, sont admirables. Je n'en ai vu de plus somptueux qu'à l'extrême pointe de la Hollande. Rien que cela vaut peut-être la peine de vivre. Tout l'occident donc était rouge, mais rouge comme du cuivre rouge, et sur ce fond de plénitude et de sénérité, les ramilles des branches faisaient de si fins dessins ! On a vu cela bien souvent, on l'a décrit, on l'a peint et l'impression qu'on retire du spectacle est toujours aussi fraîche et aussi émouvante. Alors je me demandais si la peinture était un art bien nécessaire et s'il était bien sensé d'aller voir, à l'intérieur d'un monument, des tableaux, dont les meilleurs sont une pauvre imitation de la nature qui resplendit à l'extérieur. Jamais un tableau ne m'a donné le centième de l'émotion que j'ai ressentie devant le paysage d'automne le plus coutumier. Et il en est de même pour la représentation de la figure humaine et de la beauté féminine. L'art, quelles que soient sa perfection relative et la bonne volonté de nos admirations, y est à peu près impuissant, d'autant plus qu'il ne peut nous offrir qu'une image immobile de choses dont la mobilité, le changement perpétuel et insensible, est le plus puissant charme. La conclusion est que si un art, la peinture, par exemple, pouvait se constituer en dehors de la nature, outre que cela serait une conquête de l'homme, cela serait un bienfait pour la nature, qui n'a peut-être pas besoin que l'on refasse éternellement son portrait. Mais est-ce possible ? C'est toute la question du cubisme. Elle va loin.

LE CHAT ENDORMI

L'AUTRE jour, en sortant de chez moi, je me suis arrêté, aussi longtemps que la décence le permettait, devant une femme et devant un chat endormi. C'est un tableau que je connais bien, mais jamais il ne m'avait requis comme ce soir-là. Le chat est gros, d'ample fourrure et appartient à quelqu'une de nos variétés indigènes, il n'a rien de singulier. Il n'est ni japonais ni siamois. Sa beauté n'en est donc que plus simple et plus frappante, pour celui qui sait distinguer la beauté de la singularité. La femme est une de ces patientes ouvrières qui témoignent à la vitrine des petits tailleurs de l'habileté de la maison aux reprises invisibles. Le chat était presque couché sur son ouvrage, ses oreilles touchaient sa main, effleurées toutes les secondes par le passage de l'aiguille, et on sentait en ces deux êtres une si profonde confiance et un tel bonheur d'être, l'une à coudre près de son ami, l'autre à dormir près de son amie, que c'en était presque émouvant. Comme tout spectacle d'amour, car c'était de l'amour, évidemment, de cet amour qui prend tant de formes et qui ne se manifeste peut-être jamais plus purement qu'entre un être humain et un animal. La place n'est pas très favorable pour le chat. Elle est étroite et la table est dure. Elle est éclairée intensément et le chat n'aime pas la lumière vive. N'importe, il faut qu'il soit là, il n'est bien qu'à cet endrôit inconfortable, il ne se plaît pas ailleurs. Dans ce coin, il sent la chaleur de son amie et perçoit sa respiration. Parfois il ouvre les yeux et sans faire un autre mouvement, la regarde. Elle est là. Rassuré, il reprend son somme. C'est, parmi les mystères de la sympathie, un des plus curieux que cette élection d'un être humain par un animal, qui en prend possession, qui le veut pour soi, qui le surveille, qui aime sa présence et rien que sa présence. Le chien en donne des exemples indiscrets, maladifs. Le chat porte son amour avec sérénité.

LA LECTURE

Je connais une femme qui ne lit rien, ou plutôt qui ne lit que ce qui est exquis, mais comme l'exquis est rare, cela revient au même, ou quasi. Cinq ou six poètes français ou anglais, quelques écrivains d'hier et d'aujourd'hui dont elle aime presque tout, et cela lui suffit comme nourriture spirituelle. Qu'elle a d'esprit et que ne faisons-nous comme elle ! Pour moi qui ai la manie de lire souvent n'importe quoi, tout ce qui me tombe sous la main, que j'en ai été puni ! Il m'arrive de m'embarquer dans un livre nouveau si plat ou si nauséeux que mon esprit en ressent comme un dégoût et, comme on se lave les mains après avoir touché quelque chose de sale, je suis forcé de lire quelques belles pages pour me remettre le cœur. Il y a des lectures qui sont vraiment purificatrices et, par le jeu des concordances, on pourrait leur attribuer un parfum. Mais mieux encore, je les considérais comme des cordiaux. Il faut toujours avoir quelqu'un de ces livres sous la main quand une triste curiosité, presque toujours déçue, vous pousse à ce périlleux excercice de la lecture sans choix. On peut aussi les prendre comme antidote. Quelques pages de Spinoza, le commerce habituel de Flaubert, de Mallarmé, neutralisent admirablement les effets de la sottise en prose ou en vers. Mais l'inconvenient de ce procédé est qu'il vous rend de plus en plus difficile pour les lectures nouvelles, et de tel livre qu'on aurait lu jusqu'à la moitié, les premières pages suffisent à vous dégoûter complètement. Mais aussi quelle joie lorsque, l'esprit muni de cet antidote, qui est aussi une pierre de touche, on se sent entrer sans répugnance, même avec un certain plaisir, dans la connaissance d'une œuvre nouvelle. On s'aperçoit alors que l'art n'est pas tant de faire du nouveau (il n'y en a peut-être pas) que de faire une œuvre qui se soutienne auprès des belles œuvres anciennes.

TABLE

POITIERS

IMPRIMERIE G. ROY

7, rue Victor-Hugo.

www.ingramcontent.com/pod-product-compliance
Ingram Content Group UK Ltd.
Pitfield, Milton Keynes, MK11 3LW, UK
UKHW031914260826
14628UKWH00003B/1196

9 782329 573359